Scottie Crews Media, LLC Presenta:

Ellen E. Va De Pesca

Escrito por **G.S.CREWS**
Traducido por **Luis Francisco**
Illustrada por **Chloe Vicos**

Impreso en los estados Unidos de América.

Para mayores de 6 años │ Grados 2 en adelante

Ellen E. Va De Pesca
ISBN: 978-0-9795236-7-0
Escrito por: G.S.CREWS
Publicado por: Scottie Crews Media, LLC
Diseño del libro por: Scottie Crews Media, LLC
Traducido por: Luis Francisco
Illustrada por: Chloe Vicos
Las ilustraciones fueron creadas por la artista que con sede en Atlanta, Chloe Vicos, quien es una ilustradora establecida. Visítala en línea en www.instagram/craisin_bran.
Editado por: Windy Goodloe
El libro fue editabo por Windy Goodloe. Puedes contactarla en windy.goodloe@gmail.com.

www.scottiecrewsmedia.com

Dedicación

Este libro está dedicado a Ellen Gaston Crews. Ella fue la primera maestra de sus cinco hijos. Tus lecciones viven igual como tu memoria.

¡Hola! Mi nombre es Ellen E. La "E" significa
Ingeniera (en Inglés, Engineer), pero todos me
llaman Ellen E. para abreviar. Tengo ocho años.
En los años de perro, eso es cincuenta y seis años.
¡Salta Jehosafat! (En Inglés, Jumpin 'Jehosaphat!)

Mi papá y yo fuimos a la gran tienda. ¡Estábamos
comprando algunos aparejos de pesca antes de que
nos llevara a mis amigos y a mí a pescar en el lago!

¿Quienes son mis amigos? ¡Bueno, son nada
más que Sally Ciencia (en Inglés, Science) y María
Matemáticas (en Inglés, Math)!

Cuando nos detuvimos en el pasillo de los artículos deportivos, mi papá levantó una vara.

Él me preguntó, "Ellen E, ¿sabes cómo se hicieron la cañas de pescar y carrete?"

"Estoy seguro de que se hizo en una fábrica," le dije.

"Mirad, una vez, una niña en un pequeño pueblo quería pescar, pero no tenía una red."

"Veo a dónde vas con esto."

"Un día, ella estaba jugando en el sótano de su padre cuando se tropezó con algo. Cuando miró, vio una vara y tuvo una idea fantástica."

"¡Salta Jehosafat! No sé a dónde vas con esto."

"Esa noche, la niña sacó su cuaderno y dibujó una foto de una caña y un carrete. Ella había hecho un prototipo."

Saqué mi cuaderno y lo sostuve alto hacia al cielo.

"¡Sé lo que es un prototipo! ¡Un prototipo es un modelo que todavía no está listo para ser visto por el mundo! ¡Al igual que mi súper secreto, súper maravilloso dispositivo de lectura mental! Una vez que lo termine, ¡podrá decir lo que estás pensando!"

"Así es," dijo mi papá. "Ahora abre esa caja de aparejos y mira adentro."

Abrí la caja de aparejos y vi muchos señuelos coloridos adentro.

"¡Cielos a Murgatroyd!" grité.

"Cada uno de estos señuelos tiene un peso y una longitud específicos. Cada uno de estos diseños comenzó en la imaginación de alguien," dijo mi papá. "Tu imaginación es el combustible para tus ideas. Todo ingeniero necesita una imaginación para poder crear nuevos prototipos."

"¡Salta Jehosafat!"

Después de que mi papá compró algunas cañas de pescar y cajas de aparejos, salimos de la tienda y fuimos a recoger a mis amigas. ¡Estaba encantada de ir a pescar al lago!

Sally Ciencia estaba esperando en la casa de María Matemáticas. Cuando llegamos al camino de entrada, estaban esperando en el porche delantero. Como siempre, Sally Ciencia llevaba su bata blanca de laboratorio y tenía un lazo color rosa en su pelo rizado.

Sally Ciencia siempre llevaba un diario de ciencias de la tierra que solía ayudarla a explicar cosas científicas.

A María Matemáticas le gustaba llevar su mochila con su camiseta GT y sus mahones azules. Llevaba una tableta en su mochila. Mi madre siempre dijo que era una mujer de "números".

Mi papá salió de su camioneta y saludó a mis amigas, "¡Hola, niñas!"

"Hola, Sr. Scott," gritó María Matemáticas.

"Hola, señor Scott," gritó Sally Ciencia.

"¿Están listos para ir de pesca?" Preguntó mi papá.

"Sí, señor Scott," gritaron María Matemáticas y Sally Ciencia al mismo tiempo.

"¡Entonces, entren!"

ON

Mi papá abrió la puerta de atrás para mis amigas. Me subí en el asiento delantero. Nos pusimos los cinturones de seguridad antes de que mi papá empezara a conducir.

"Papá y yo acabamos de llegar de la Gran Tienda," les dije a mis amigas. "Tenemos algo para todos ustedes."

"¿Que compraste?" preguntó Sally Ciencia.

"Compramos cañas de pescar y cajas de aparejos. ¡Hay señuelos coloridos en el interior!"

"¡Hip! ¡Hip! ¡Hurra!" vitoreó Sally.

"Excelente!" vitoreó María Matemáticas.

Mi papá maniobró lentamente la camioneta fuera del camino de entrada de la casa de María. Mientras nos llevaba hacia al lago, María Matemáticas sacó su tableta.

"Ellen E., ¿el auto de tu papá tiene Wi-Fi?"

"No, pero puedo crear un punto de acceso de con mi teléfono celular," le respondí.

10 x 2
?
x ✓

"Bien. Quiero iniciar sesión en el SharePoint de mi escuela y enseñarles cómo multiplicar por decenas."

"¿Qué es SharePoint?" Yo pregunté.

"SharePoint es donde mi maestra comparte todas nuestras tareas y palabras de vocabulario," dijo Maria Matemáticas. "Todo lo que necesitamos es una conexión Wi-Fi para ayudarnos a iniciar sesión."

"¡Salta Jehosafat! ¡Dame del cero a siete segundos!"

Saqué mi teléfono celular y creé un punto de acceso. Cuando la tableta de María Matemáticas reconoció la red, ingresé mi contraseña: SALTA (en Inglés JUMP.)

La tableta conectada. Luego, María Matemáticas ingreso su usuario y contraseña al SharePoint.

Voila! ¡Ya entramos!

Maria Matemáticas comenzó a enseñarnos.

"¡Students!"

"Eso es Estudiantes en Inglés," le susurré a Sally Ciencia.

"¡Listen to the teacher!"

"La traducción oficial es '¡Escucha a la maestra!,' " susurró Sally Ciencia.

"Cuando multiplicas por diez, agregarle un cero al otro número. ¿Qué es diez por dos?" María Matemáticas tocó la superficie de su tableta y apareció el problema matemático.

"¡Diez por dos es igual a veinte! Todo lo que debe hacer es agregar un cero al dos," le dije mientras le daba a Sally Ciencia un máximo de cinco.

"Bueno, cincuenta veces diez es igual a quinientos!" gritó Sally Ciencia.

"¡Si!" dijo María Matemáticas.

"¡Somos tan inteligentes! ¡Tan inteligente! ¡Tan inteligente!" cantó Sally Ciencia mientras todos celebrámos.

Welcome
TO
Lake
Shamrock

La camioneta se detuvo. Habíamos llegado al lago Shamrock.

Después de que salimos de la camioneta, mi papá nos dio nuestro equipo de pesca. Corrimos hacia el borde del lago donde pudimos ver a los peces saltando fuera del agua como si estuvieran felices de vernos.

"¡Salta Jehosafat! ¡Solo al ver toda esta agua me da sed!" Dije.

"Alrededor del 70 por ciento de la Tierra está cubierta en agua," dijo Sally Ciencia cuando metió la mano en su bata de laboratorio y extrajo su diario de ciencias de la tierra.

"Sally, ¿puedes contarnos los secretos del agua?" Yo pregunté.

"Absoluta y positivamente puedo," dijo Sally Ciencia con orgullo. "¿Sabes por qué todos los seres vivos necesitan agua?"

"¡Espera! ¡Déjame tomar notas para que podamos compartirlas más tarde!"

Me senté en la mesa de picnic con María Matemáticas. Saqué mi cuaderno y estaba lista para tomar notas.

GT
3:00

Sally Ciencia comenzó a hablar.

"Las células en nuestros cuerpos necesitan agua para sobrevivir porque el agua transporta nutrientes a través de nuestros cuerpos."

"¡Oh! Por eso necesitamos beber ocho vasos de agua todos los días," dijo María Matemáticas al levantarme hacer una voltereta.

"¡Eso es absolutamente, absolutamente correcto! Ahora, Ellen E., deja de hacer volteretas," solicitó Sally Ciencia. "Hay más hechos que necesito compartir."

Después de hacer una última voltereta, regrese a mi cuaderno.

"El agua tiene tres estados: líquido, sólido y gaseoso," educó Sally Ciencia. "Los estados de sólido y gas ocurren a dos temperaturas específicas."

"¿Pueden decirme los números en los que ocurren estos estados?" preguntó María Matemáticas.

Welcome
TO
Lake
Shamro
GT

"Absolutamente, positivamente que si puedo. ¡El agua se congela a 32 grados Fahrenheit y hierve a 212 grados Fahrenheit donde se convierte en un gas!" dijo Sally Ciencia.

¡Chapoteo! ¡Chapoteo! ¡Chapoteo!

¡Todos nos dimos vuelta para ver a mi papá tambaleándose en un pez grande! ¡Salpicaba el agua aquí y allá!

"Sé que no me van a dejar pescar más que ustedes," dijo mi padre mientras nos miraba a mis amigas y a mí.

"¡No señor!" todos dijimos.

Recogimos nuestras cañas de pescar y lanzamos nuestros señuelos al lago. Usar tecnología para aprender sobre ingeniería, ciencias y matemáticas es divertido. ¡Salta Jehosafat! ¡No puedo esperar para aprender más!

Ellen's Pesca del Día

Sobre El Autor

G.S.CREWS es un autor altamente calificado que ha publicado seis novelas. Utiliza su habilidad para sumergir a sus lectores en la línea de la historia, haciendo que se apeguen a la vida de los personajes.

Su propósito en la vida es reducir la asombrosa cantidad de estadounidenses analfabetos que leen por debajo del nivel de quinto grado.

G.S. CREWS se graduado de Clayton State University y reside en los suburbios de Atlanta. Puede obtener más información sobre él, vistando el sitio web en www.scottiecrewsmedia.com.